청소년을 위한 인문학 교실 – 문학

# 중학교 2학년

임성관 청소년시집

청소년을 위한 인문학 교실 - 문학

교
학 2
중 학 년

임성관 청소년시집

시간
의 물레

임
성
관

_____

선생님은 어릴 때부터 책 읽기와 글쓰기를 매우 좋아하고 잘한 사람입니다. 그래서 책이 많은 도서관에서 근무를 하고 싶어서 관련 공부를 하고 초등학교 도서관에서 일하는 꿈도 이루었습니다. 그러던 중 행복해 보이는 겉모습과는 달리 마음이 아픈 사람이 많다는 것을 알고 심리학을 공부한 뒤, 2004년에는 휴독서치료연구소(www. poetrytherapy.kr)를 설립해 현재까지 독서치료전문가로서 활발한 활동을 하며 글쓰기 및 강연도 겸하고 있습니다. 그동안 쓴 책은 총 31권으로 그 중 청소년을 위한 것으로는 〈강아지 똥은 왜 자아존중감이 낮았을까〉, 〈청소년을 위한 독서치료 1·2〉, 〈초등학교부터 시작하는 중학생 토론 교과서〉가 있습니다.

# 차례

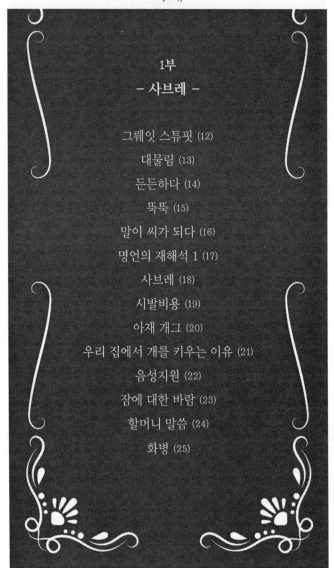

1부
- 사브레 -

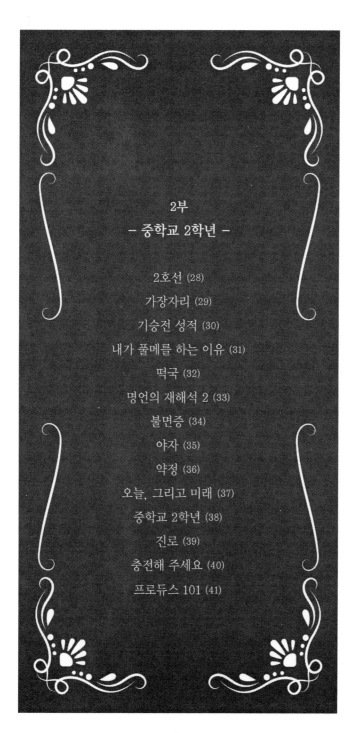

## 2부
### - 중학교 2학년 -

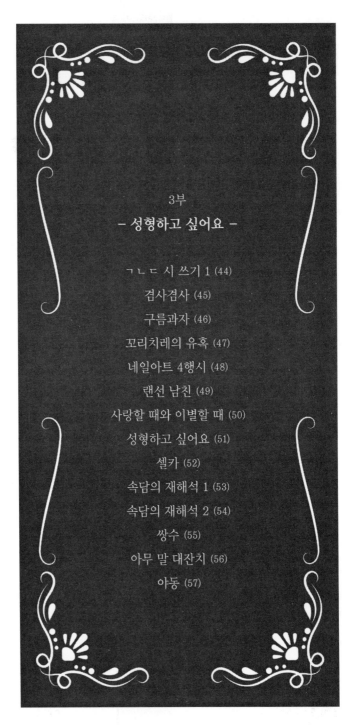

3부
- 성형하고 싶어요 -

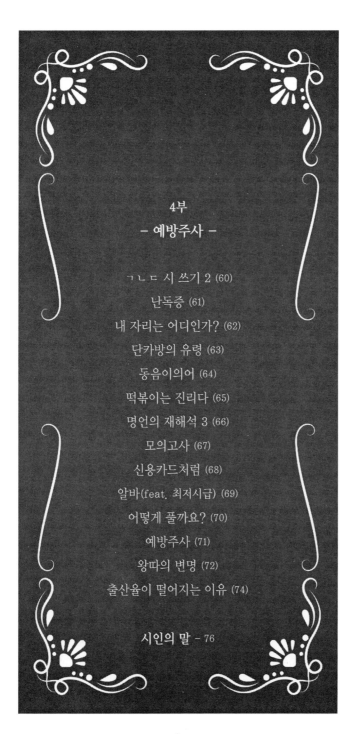

4부
- 예방주사 -

## 1부

사브레

## 그뤠잇 스튜핏

엄마, 나 성적 올랐어요!
아들, 그뤠잇!

엄마, 나 성적 떨어졌어요!
아들, 스튜핏!

# 대물림

김씨 집안에
독자로 태어난 아버지는
우리 가문의 기둥이 되어야 한다는
할머니의 요구에 따라
그 어렵다는 사법고시에 합격하여
변호사가 되었다.

그 집안에
독자로 태어난 나도
아버지의 유전자를 물려받았으니
변호사가 되는 것은 일도 아니라는
할머니의 기대에 따라
사법고시에 합격을 해야 할 텐데

그래서
김씨네는 머리가 좋다는
주변 사람들의 칭송을 계속 받아야 할 텐데
집안의 내력을 이어가야 할 텐데
독자로 태어날 내 아들을 위해
대물림을 끊어 버리고 싶다

# 든든하다

용돈으로 만 원을 받았다

친구들과 분식 한 번만 먹으면
노래방에 한 번만 다녀오면
없어질 돈인데

그래도 든든하다

그래서 아빠가 용돈 받는 날만 기다리고
더 올려달라고 요구하는가보다

그래서 엄마가 마트를 자주 다녀와서
냉장고를 가득 채워놓고 싶어하는가보다

그래서 할머니가 김장을 할 때면
힘이 들어도 넉넉하게 하고 싶어하는가보다

그 든든함을 오래 느끼고 싶어서

# 뚝뚝

땀방울을 뚝뚝 떨어트리며 공부를 했더니
너는 책상에 앉아 있을 때 매력이 뚝뚝 떨어진다며
바라보는 엄마의 눈에서도 꿀이 뚝뚝 떨어진다
하지만 막상 시험을 망쳐서 성적이 뚝뚝 떨어지니
눈물만 하염없이 뚝뚝 떨어진다

# 말이 씨가 되다

말이 씨가 되니
좋은 말만 하라더니

엄마는 자꾸
막말만 퍼 붓는다

그럴 때마다 내 입에서도
"아이 씨"가 먼저 튀어 나온다

결국 씨가 되었으니
엄마 말이 맞기는 하다

# 명언의 재해석 1

– 아버지 날 낳으시고 어머니 날 기르시니(명심보감 '효행편')

아버지 날 낳으시고
어머니 날 기르시며
선생님 날 가르치고
선배님 날 이끄시며
친구들 날 도와주고
후배들 날 응원하며
사장님 날 고용하고
원장님 날 고치시니
모두들 날 만드셨네

# 사브레

어머니가 아닌
다른 여자와 살다가
일 년에 한두 번
손님처럼 찾아오는 아버지는
항상 사브레 과자를 사오셨다

아버지가 오셔서 좋겠다는
동네 어르신들 말씀과
늘 함께 살았던 사람처럼
자연스럽게 대하는 가족들도 싫어서
나는 사브레 과자를 절대 먹지 않았다

이제 아버지도 돌아가셨고
과자도 찾아 먹을 일이 거의 없어진 내가
오늘은 사브레 과자를 먹고 있다
그러자 나와 가까워지고 싶어 하셨던 아버지의 마음이
입 속에서 사르르 녹아 몸으로 들어왔다

# 시발비용

용돈 좀 주세요!
며칠 전에 줬는데 그새 다 썼니?
네, 쓸 곳이 있었어요.

너 또 게임에 현질했지?
PC방이나 노래방 갔었어?
화장품 샀니?

필요한 곳이 있으면
자유롭게 쓸 수 있는 것이 용돈인데
오늘도 추궁을 당한다

내게 용돈은
이런 스트레스를 받을 때마다
홧김에 쓰는 시발비용이다

* 시발비용 : 비속어와 비용이 합쳐진 신조어로 스트레스를 받지 않았으면
쓰지 않았을 비용을 뜻하는 말. '홧김비용'으로 순화해서 말하
기도 하며 상당수의 충동구매가 이에 해당되는 행동이다.

## 아재 개그

왕이 넘어지면 뭐게?
……．
답은 킹콩!

딸기가 직장을 잃으면?
……．
답은 딸기 시럽!

세상에서 가장 지루한 중학교는?
……．
답은 로딩 중!

너는 어쩜 그렇게 답을 하나도 모르냐?
그럼 아빠는 나에 대해 알아?
그런 말장난으로는 설명할 수는 없는….
피식 웃고 넘겨 버리기에는 복잡한 나를….

아빠의 아재 개그에
빵 터져버린
내 마음

# 우리 집에서 개를 키우는 이유

아빠에게는 일터에서 돌아왔을 때 유일하게 반가워하며 맞
이해 주는 존재이기 때문에
엄마에게는 아빠와 나에게 화가 났을 때 '개\*\*'라고 돌려서
말할 수 있는 존재이기 때문에
나에게는 부모님께 혼이 났을 때 발길질하며 성질을 부릴 수
있는 유일한 존재이기 때문에
우리 집에서 개를 키우는 나름의 이유들

# 음성지원

분명 나는 학원에 있고
엄마는 집에 있는데

일거수일투족마다
엄마의 음성이 들리는 것 같다

선생님께 인사를 안 하면
"어른을 뵈었으면 인사를 해야지!"

허리를 살짝 굽히고 앉으면
"똑바로 펴고 앉아라!"

잠깐 졸고 있으면
"가서 세수하고 오너라!"

모르는 문제인데 질문을 안 하면
"이해가 될 때까지 물어 봐야지!"

어디를 가든 무엇을 하든
귓가에서 맴도는 엄마의 음성

## 잠에 대한 바람

자는 듯 죽고 싶다는 할머니

죽은 듯 푹 자고 싶다는 나

우선 잠을 자야 이룰 수 있는 바람들

# 할머니 말씀

사람은
위만 보고는 못 사니까
아래도 보고 살아야 한다는
할머니 말씀
그래서 아래를 봤더니
그곳에 전교 꼴등하는 민철이가 있다
우리 학교에서 유일하게
나보다 공부를 못하는 아이
덕분에 전교 꼴찌라는 불명예를
갖지 않게 해준 아이
내가 성적으로 무시할 수 있는
유일한 아이
그나저나 그렇다면 민철이는
어디를 보며 살아가는 걸까?
짬이 날 때마다 옥상에 올라가고
수업 중에도 멍하니 창밖을 자주 내다보는
이유가 그것 때문일까?
내일은 오랜만에 민철이와 농구를 해야겠다.
키가 훨씬 작은 나를
내려다 볼 수 있도록

# 화병

우리 가족에게는 저마다의 화병이 있다
할머니에게는 할아버지에 대한 원망이 가득한 화(火) 병
아빠에게는 로또 1등에 당첨되어 부자가 되기를 바라는 화(貨) 병
엄마에게는 좋아하는 꽃을 예쁘게 꽂을 수 있는 화(花) 병
나에게는 어디서든 환하게 빛나기를 꿈꾸는 화(化) 병

2부

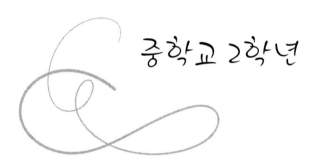

중학교 2학년

# 2호선

이거 타면 서울대 입구로 가나요?
신촌으로 가려면 어느 쪽에서 타야 해요?
2호선에 건대입구 역이 있나요?
교대로 가려면 2호선이 빨라요, 3호선이 빨라요?
홍대입구는 여기서 몇 정거장 남았나요?
학생, 한양대로 가려면 몇 번 출구로 나가야 해?

사람들은 내게
가보지도 못했고
입학할 수도 없는 대학교에 대해
자꾸 물어본다
마치 내가 그곳에 다니고 있는
학생인 것처럼

서울대, 연세대, 서강대, 이화여대, 한양대, 홍익대, 건국대,
교대…
학교 이름들이 머릿속을 맴돈다
종착지가 어딘지 모른 채 순환하고 있는
지하철 2호선을 타고
나는 오늘도 내릴 곳을 모른 채
헤매고 있다

# 가장자리

저는 가장자리가 좋아요
주목받지 않는
그래서 편하게 쉴 수 있는
가장자리

1등이 있으면 꼴등도 있듯이
중심이 있으면 가장자리도 있어야지요
꼴등이 받쳐줄 때 1등이 더 빛나는 것처럼
중앙을 위해 주변을 감싸주는

테두리와 같은
드러나지 않지만
중요한 역할을 하는
가장자리

그곳이 바로
제 자리입니다

# 기승전 성적

문항 : 나에게 [           ]는 지옥이다.
답변 : 나에게 [학교, 학원, 공부, 성적]은 지옥이다.


문항 : 나는 [           ] 제일 많이 울었다.
답변 : 나는 [성적 때문에 혼나서] 제일 많이 울었다.


문항 : 내가 제일 좋아하는 과목은 [           ]이고,
　　　그 이유는 [           ]이다.
답변 : 내가 제일 좋아하는 과목은 [체육]이고,
　　　그 이유는 [그나마 성적이 가장 좋기 때문]이다.


문항 : 내 스트레스는 [           ]을 하면 풀린다.
답변 : 내 스트레스는 [방학]을 하면 풀린다.


어떤 걸 물어봐도
답은 기승전 성적

# 내가 풀메를 하는 이유

1교시 끝나고 기초 화장(스킨 토너 바르고 로션, 아이크림, 크림, 재생 크림)
2교시 끝나고 자외선 차단제
3교시 끝나고 피부 메이크업(프라이머, 베이스, 파운데이션, 비비 크림, 파우더)
4교시 끝나고 밥을 먹은 다음 지워진 부분은 다시 보정하고 나서 얼굴 윤곽 메이크업(쉐딩, 하이라이터)
5교시 끝나고 색조 메이크업(아이 메이크업 : 베이스-섀도우-아이라이너-뷰러-마스카라, 볼터치, 립)
6교시 끝나고 고대기로 머리에 볼륨까지 잡아주면 끝

내가 학교에서 풀메를 하는 이유?
수학-영어-과학-국어…
잘하는 과목이 하나도 없어.
그런데 메이크업은 자신 있거든.
그래서 쉬는 시간마다 자신감을 보충하는 거야.
그래야 버텨낼 수 있으니까.

\* 풀메 : 풀 메이크업의 줄임말

31

# 떡국

떡국을 먹으면 한 살을 더 먹는다고 해서
싫어하는 사람들이 있다
하지만 나는 매우 좋아한다
그러니 많이 먹고
빨리 이 나이에서 벗어나고 싶다
지겨운 나의 10대
힘겨운 나의 학창 시절

# 명언의 재해석 2

*– 아름다운 것이 매력적인 것은 그것이 사라지기 때문이다(헤르만 헤세)*

학창시절이 아름답게 기억되는 것은
그 시기를 지나왔기 때문이다.

# 불면증

내가 왜
늦은 밤까지
잠을 못 자는 줄 아니?

꿈이 없어서야.
심지어
자면서도 꿈을 안 꾼다니까.

## 야자

야!
자?

# 약정

휴대폰을 바꿨다
2년 약정을 하면 할인이 된다고 해서
바로 신청을 했다

초등학교부터 대학교까지
16년 동안 약정을 하면
어떤 혜택이 있는 걸까?

# 오늘, 그리고 미래

시간은
일정한 속도로
흘러가기 때문에
오늘이 가면
결국 미래가 올 것이다.

그런데
당장 오늘을 살아가느라
내일도 생각할 겨를이 없는데
어른들은
미래만 내다보라고 한다.

그럼
오늘 하루만이라도
나에 대해 내일에 대해
생각할 수 있는 시간을
주시던가요.

# 중학교 2학년

나는
외계인도 무서워 한다는
중학교 2학년이 되었다.

그런데
부모님이나 선생님들은
내가 무섭지도 않은지

툭하면
공부하라고
소리를 지른다.

그래서
나는 더욱 강한
중 2가 되기로 했다.

부모님이나
선생님들도
무서워 할 수 있는.

누군가
강요하기 전에
스스로 해낼 수 있는.

# 진로

태어나 죽을 때까지
삶의 과정에서 선택해야 하는
교육, 취업, 결혼, 자녀 양육, 퇴직 등의 많은 것들

항상 정확하고 올바르게 해내고 싶지만
오늘도 나는 술 취한 사람처럼
갈지자로 걷고 있다

진로
　　진로
　　　　진로

너무 오래
너무 많이
마셨나 보다

# 충전해 주세요

학교 수업 6교시
야간 자율 학습 4교시
그리고 이어지는
학원 수업 4교시

지금의 내 상태는
완전 방전
그런데 충전기도
보조 배터리도 없다

무엇으로 충전해야 할까?
에너지를 어디서 얻어야 할까?
다시 100%가 될 때까지
충전할 시간이 필요하다

# 프로듀스 101

모두 같은 꿈을 꾸는
101명의 소년 소녀들
하지만 실력과 인기에 따라
A부터 F 등급까지 나뉘고
1등부터 61등
다시 35등
또 20등
최종 11등에 포함될 때까지
자신을 뽑아달라며
숨 막히는 경쟁을 한다
오늘 밤 주인공이 되기 위해서
연예인으로 데뷔를 하기 위해서

순위 발표식 때마다
엇갈리는 희비 속
저 아이들은 매주
꿈을 이루겠다며
사력을 다하고 있는데
나는 아직
뭘 잘 하는지
뭘 하고 싶은지
뭘 해야 하는지조차 모르겠다
비록 좌절감에 눈물은 흘리지만
하고 싶은 것을 찾아 도전하고 있는
너희들이 부럽다

## 3부

성형하고 싶어요

# ㄱㄴㄷ 시 쓰기 1

ㄱ 가슴 좀 커진 것 같은데?
ㄴ 나는 아직 그대로야.
ㄷ 다른 곳은 어때?
ㄹ 로희는 생리도 시작했대.
ㅁ 몸에 다른 변화는 없어?
ㅂ 바지가 너무 꽉 끼어!
ㅅ 살찌는 것도 사춘기 증상이야?
ㅇ 아니야, 그건 많이 먹어서 그런 거지.
ㅈ 제대로 아는 거 맞아?
ㅊ 치, 너야 말로 모르잖아!
ㅋ 키나 많이 컸으면 좋겠다.
ㅌ 털도 많이 나고.
ㅍ 푸하하하!
ㅎ 하여튼 두고 보면 알겠지.


제목 : 사춘기 궁금증

# 겸사겸사

나　: 롱 패딩 사주는 김에 운동화도 한 켤레만!
엄마 : 영어학원 가는 김에 수학학원도 한 곳 더!

# 구름과자

하루에 한 갑의 담배를 피운다는 명재에게 물어보았다. 담배는 어떤 맛이야? 구름 과자 맛이지. 그게 어떤 맛인데? 한 모금 빨면 쌉싸래해. 먹구름을 삼킨 느낌이랄까? 그런데 두 모금부터는 몽롱해져. 뭉게구름이 되어 하늘을 날고 있는 것처럼. 그 과자 나도 먹어볼까? 아서라, 애기들 앞에서는 찬물도 못 마신다더니. 그럼 한 모금만 빨아볼게. 어린 새끼는 가서 솜사탕이나 사 드세요. 쿨럭 쿨럭. 다시 먹구름을 한 모금 삼킨 명재가 기침을 했다. 이제 한 모금만 더 삼키면 명재는 하늘을 날게 될까?

# 꼬리치레의 유혹

집에 친구들이 놀러왔다
부모님이 안 계신 걸 알고
야동을 다운받아 보자고 했다
경로를 잘 알고 있는 친구가 선택한
영상 몇 개를 받아서 함께 봤다
얼굴이 빨갛게 달아올랐고
심장도 빠르게 뛰었으며
거기도 빳빳하게 섰다

이미 야동을 많이 본 친구들은
너무 시시한 걸 받았다며
빨리 지우고 다른 걸 보자고 했다
나중에 한꺼번에 지울 테니
그냥 옮겨 놓으라며
나는 손사래를 쳤다
이제 컴퓨터만 켜면 Windows(C:) - Program Files에 숨겨 놓은
꼬리치레 폴더가 자꾸 나를 유혹한다

## 네일아트 4행시

네
일도
아닌데 왜
트집이야?

# 랜선 남친

달림아, 보희랑 승호랑 사귄다는 이야기 들었어?
그래?
벌써 100일 됐다던데?
정말?

보희는 예쁘니까 남자친구도 잘 사귀는데 우린 뭐냐.
우리가 어때서?
아니, 남자친구도 없고 그렇잖아.
나는 랜선 남친 있는데?

랜선 남친?
응, 인터넷에서만 만나고 좋아하는 남자 친구!
그게 누군데?
방탄소년단의 뷔, 워너원의 강다니엘, 엑소의 타오, 인피니트의 남우현 등등.

에이, 연예인들이 무슨 니 남친이냐.
내가 원하면 아무 때나 볼 수 있고
뭐래, 너만 보냐?
그때마다 나를 기쁘게 해주니까 남자친구지!

그럼 나도 랜선 남친이나 사귈까?
그래라, 편하고 좋아.
그런데 이러다가 진짜 남친 못 만나면 어쩌지?
때가 되면 저절로 만나게 될 거야.

그렇겠지?
결국 만날 사람들은 운명의 끈으로 연결되어 있대.
하긴, 랜선도 다 연결되어 있으니까.
그러니까 기다려 봐.

49

사랑할 때와 이별할 때

사랑 할 때

이별 할 때

# 성형하고 싶어요

쌍커풀과 코는 기본으로 하고
광대도 살짝 깎아내고 싶어요
턱도 V라인으로 만들고
보조개도 살짝 찍어주면 좋겠네요
가슴은 C컵 정도
지방 흡입도 해야겠죠?

하지만 이곳들보다 더 먼저 수술 받고 싶은 것은
할 수 없을 거라는 생각
자신이 없다는 마음가짐
선뜻 나서지 못하고 주춤거리는 행동입니다
이런 수술은 어느 병원이 가장 잘 하나요?
저 꼭 성형하고 싶어요

# 셀카

분명 나를 찍었는데
나보다 더 멋지고 예쁜
사람이 찍혀 있는
마법과도 같은 경험
셀프 카메라

조명빨
각도빨
어플빨
삼박자의 완벽 조합이 이뤄낸
기적

# 속담의 재해석 1

- 가는 말이 고와야 오는 말도 곱다


나 너 좋아해!
미쳤나?

우리 사귈까?
죽여 버린다.

옆에 앉아도 돼?
꺼지라고!

가는 말이 고우면
오는 말은 욕이다

# 속담의 재해석 2

*– 자라 보고 놀란 가슴 솥뚜껑 보고 놀란다*


야동 보다 놀란 가슴
엄마 보면 더 놀란다

# 쌍수

방학이 되면 쌍수를 해주겠다던 엄마가
언제 그런 말을 했냐며 오리발을 내민다

딸이 조금 더 예뻐지겠다는데
쌍수를 들어 환영하지는 못할망정

대부분의 친구들이 하는
성형수술 축에도 못 끼는

쌍수를 못하게 한다
그래서 팍팍 인상을 썼더니

팔자주름만 깊어졌다
수술하고 싶은 곳만 더 늘었다

# 아무 말 대잔치

매일 집 앞에 남자애들 줄 서 있어.
내가 한 미모 하잖니~!
나 이번에 서울대학교 합격했잖아.
내가 한 공부 하잖니~!
어제 로또 1등에 당첨됐어.
내가 한 운빨 있잖니~!

평범한 친구들끼리
모였을 때만 가능한
아무 말 대잔치
믿거나 말거나!
듣거나 말거나!
그러거나 말거나!

# 야동

야구 동영상과
야한 동영상의
차이점은
함께 응원하며 보느냐
혼자 숨죽이며 보느냐

야구 동영상과
야한 동영상의
공통점은
보고 나면 또 보고 싶고
보고 나면 또 허탈 하고

4부

예방주사

ㄱㄴㄷ 시 쓰기 2

ㄱ 가!
ㄴ 나가!
ㄷ 다 나가!
ㄹ 레알이거든!
ㅁ 말 안 들려?
ㅂ 바람처럼 소리 없이
ㅅ 사라지란 말이야!
ㅇ 안 그러면 내가 나갈 거야!
ㅈ 진짜야!
ㅊ 추워서 못 나갈 거라고?
ㅋ 큰 소리만 치다가 말 거라고?
ㅌ 틀렸어, 이번에는 진짜야!
ㅍ 피곤하고
ㅎ 힘들어서 더 이상 못 견디겠어!

제목 : 한계 상황

# 난독증

미래로 향하는 '문'을
갈피를 모르는 '곰'이라고 읽는다.

# 내 자리는 어디인가?

지하철을 타면
노약자석과 임산부배려석은 있는데
청소년석은 없다
종일 학교에서 수업을 받고
학원까지 다녀오려면
교과서에 노트에
챙겨야 할 것들이 많아
가방의 무게도 상당해서
서 있을 힘도 없는데
어른들 눈치를 보지 않고
당당히 앉아 잠시 쉴 수 있는
우리만을 위한 자리는 없다
미래의 주역이 될
내 자리는 어디인가?

# 단카방의 유령

카톡왔숑~
카톡왔숑~
카톡왔숑~
카톡왔숑~
카톡왔숑~
카톡왔숑~
카톡왔숑~
카톡왔숑~
카톡왔숑~
카톡왔숑~
카톡왔숑~
카톡왔숑~

쉴새없이 올라가는
단카방의 대화
그 안에 내 흔적은 없다
나는 눈팅만 하고 있는
단카방의 유령


* 단카방 : 단체 카톡 방의 줄임말

# 동음이의어

문상 : 남의 죽음에 대하여 슬퍼하는 뜻을 드러내어 상주(喪主)를 위문함
문상 : '문화상품권'을 줄여서 쓰는 신조어

갈비 : 소나 돼지, 닭 따위의 가슴통을 이루는 좌우 열두 개의 굽은 뼈와 살을 식용으로 이르는 말
갈비 : '갈수록 비호감'을 줄여서 쓰는 신조어

생선 : 먹기 위해 잡은 신선한 물고기
생선 : '생일 선물'을 줄여서 쓰는 신조어

표준어 대 신조어
시대별 달라지는 동음이의어

# 떡볶이는 진리다

매콤하면서 달콤하고
쫀득하면서 부드러운
떡볶이는 진리다

어묵을 넣었든 안 넣었든
국물이 많든 적든
떡볶이는 진리다

즉석에서 조리를 해먹든
가판대에서 사먹든
떡볶이는 진리다

매일 먹으면
질릴 것 같지만
떡볶이는 항상 진리다

# 명언의 재해석 3

*– 성공만큼 큰 실패는 없다(제럴드 내크먼)*

낙방만큼 큰 실패는 없다

## 모의고사

학생들을
위험에
빠트리기 위해
어른들이
모의한
시험

나는
이번에도
그 함정에
빠졌다
퐁
당

## 신용카드처럼

물건 값을 지불할 때
대중교통을 이용할 때
자주 사용되는 신용카드처럼
나도 언제 어디서든
믿음을 주며
가장 잘 쓰이는 사람이고 싶다.

# 알바 (feat. 최저시급)

새벽부터 늦은 밤까지 뼈가 빠지도록 일하시는 부모님에게 손을 벌리지 않기 위해 하루 4시간씩 패스트푸드점에서 최저 시급 7,530원을 받으며 알바를 하고 있다. 주문받기, 감자 튀기기, 배송차가 오면 물건 내리기 및 정리, 창고에서부터 매장으로 재료 옮기기, 테이블 정리 및 청소, 쓰레기 치우기 등 상황에 따라 여러 역할을 잘 해내야 하는데, 정해진 시간 동안 무슨 일을 했든 시급은 변함이 없다. 아직 성인도 아니고 전문적인 일을 하는 것도 아니기 때문에, 또 스스로 원해서 구한 알바이기 때문에 채용을 해주신 것만으로도 감사한데, 너무 힘이 들 때면 '내가 하고 있는 일의 가치가 이 정도밖에 안 되나' 하는 생각이 든다. 또한 부모님도 이런 상황 속에서 일을 하고 계실 텐데, 힘든 내색 한 번 안 하고 계시니 죄송한 마음도 느껴진다. 내 최저 시급이 조금 더 올라서 용돈도 해결하고 생활비에도 보태드릴 수 있다면 얼마나 좋을까? 부모님이 아시면 공부나 하지 누가 일을 하라고 했냐며 펄쩍 뛰시겠지만, 태어날 때부터 재능도 없는 공부 대신 돈이나 벌고 싶다.

# 어떻게 풀까요?

어른들은 스트레스를 받으면
술도 마시고 담배도 피우며
쇼핑도 하고 여행도 떠나는 등
해소할 수 있는 방법이 많아요

하지만 우리들은 그렇지 않아요
술과 담배는 당연히 안 되고
쇼핑을 자유롭게 할 수도 없으며
훌쩍 여행도 못 떠나지요

노래방과 PC방은 밤 10시가 지나면
찜질방은 출입동의서가 없으면
들어갈 수가 없고
청소년 관람불가 영화도 못 봅니다

학생답게 건전하게 스트레스를 해소하라고 하시는데
놀이터에 모여만 있어도 나쁜 짓을 할 거라고만 생각하시니
딱히 방법이 떠오르지 않습니다
어디서 어떻게 풀어야 할까요?

# 예방주사

외투 벗고 소매는 어깨까지 걷으세요.
움직이지 마세요.
따끔합니다.
자, 다 됐습니다. 여기 문지르세요.

독감 예방주사를 맞았다.
1분이 채 걸리지 않는 과정이지만
긴장이 되었다.
또 경험하고 싶지 않았다.

하지만 이 한 대의 주사가
건강을 지켜준다고 생각하면
잠깐의 두려움 정도는
아무 것도 아니다.

그래, 생각해 보면 모든 것이 그렇다.
걱정은 경험하기 전 잠깐의 과정일 뿐
하지만 이겨내면 결국
더 큰 기쁨과 행복이 다가온다.

해보기도 전에 걱정부터 앞서는
이 병을 예방해 주는 주사는 없을까?
그렇다면 몇 대라도 맞을 텐데…
아주 따끔하게.

# 왕따의 변명

나는 왕따다
자세한 이유는 모르지만
함께 어울리는 친구가 한 명도 없다
이런 상태를 다른 사람들이 왕따라고 부르기 때문에
그런가 보다 하고 있다

하지만 나는
왕따이건 은따이건 전따이건
그런 것에는 전혀 관심이 없다
어릴 때부터 할머니 손에 자라면서
혼자 있는 것이 익숙하기 때문이다

그래서 어떤 날에는
하루 종일 한 마디도 안 하게 된다
뭘 물어오는 사람도 없고
나 스스로도 말하지 않기 때문에
입은 그저 숨을 쉬고 먹을 때만 활용한다

그렇다고 해서
슬프거나 우울하지 않다
오히려 필요 없는 말을 하지 않아 좋은 면도 있다
다른 사람에게 상처를 주지 않을 수 있어서 좋을 때도 있다
그런데 이렇게 말하면 분명 변명이라고 하는 사람들도 있을
것이다

그래서 나는
변명조차 하지 않으려고 한다
왕따이기 때문에
계속 그래왔으니까
나는 왕따다

# 출산율이 떨어지는 이유

우리나라 출산율이 왜 떨어지는지 아세요?
그건 부모님들이 자식들에게
너랑 똑같은 자식 낳아서 키워봐야
내 심정을 알 거라고 했기 때문이에요.
막상 똑같은 자식을 낳기가 두려운 거죠.
그래서 결혼도 안 하고 자식도 안 낳는 거랍니다.

중학교 2학년

시인의 말

"선생님하고 이야기하고 싶지 않아요." 이 한 마디로 모든 상황을 정리해 버리는, 그래서 마주 앉아 있는 사람의 혼을 한순간에 빼버려 '내가 지금 여기서 무엇을 하고 있는 걸까?'라는 생각을 하게 만드는 재주를 갖고 있는 청소년들을, 결단코 만나기 싫었던 적이 있다. 감히 애써 시간을 내서 찾아간 나를 거부했기에, 자식뻘밖에 안 되는 나이라 상대적으로 내가 너무 늙어 보였기에, 친해져 보겠다며 애써 외워서 간 말을 건네면 꼰대인양 바라보는 눈빛과 실소로 씰룩이는 입술을 보고 싶지 않았기에. 아무튼 청소년들이 싫었던 이유를 대라고 하면 내 딴에도 백 가지 이상을 꼽는 것이 가능한 때가 있었다.

그런데 그 상황이 끝나고 집으로 돌아올 때면 부모님이나 학교 선생님들도 어찌할 수 없는 괴물들에게서 빠져나올 수 있었기에 기쁘고 개운한 것이 아니라, 내가 그 아이들에게 졌다는 패배감이 먼저 느껴졌다. 또한 '나는 진심으로 그들을 만나려고 했던 것일까?'라는 자문에 '그렇지 않았다.'라는 답을 해야 할 때에는 자책감마저 들어 며칠 동안 일이 손에 잡히지 않았다. 나는 많이 배운 사람이고 너희들은 문제가 있는 사람이니 가르침대로 배우라 강요했고, 비자발적으로 참여했기에 저항감이 가득한 마음도 수용해 주지 못했다. 오히려 내가 먼저 존중받고 싶어 했다. 학업에 대한 스트레스, 진로에 대한 걱정, 관계에서의 어려움을 갖고 있기에, 누군가에게 털어놓고 적절한 도움도 받고 싶었을 그들에게.

이 시집에 실은 56편의 시들은, 청소년들이 보기에 권위주의적이고 꼰대 같았을 내가 시나브로 그들의 삶에 녹아들어 부대끼며 체감한 경험들을 원천으로 삼아 글로써 엮어낸 것들이다. 평생 채워나가야 할 숙제인 부족함을 인정하기 때문에 부끄러움이 앞서지만, 상담치료의 한 영역인 독서치료를 통해 청소년들을 20년 가까이 만나오면서 자연스럽게 터득한 이해하기의 방법을 여러 어른들과 나누기 위한 시도이자, 격랑을 헤치며 앞으로 나아가는 청소년들을 위로하고 격려하기 위한 노력이다.

개개의 단어들은 마치 블록의 조각과 같아서, 어떤 사람이 어떻게 조립을 하느냐에 따라 다른 글로 완성이 된다. 또한, 이렇게 완성이 된 글은, 독자들로 하여금 자신의 삶과의 연결점을 찾아 잠시나마 머물 수 있는 공간을 만들어 준다. 따라서 시인들은 블록의 조각과도 같은 단어들을 잘 조립할 수 있는 언어의 엔지니어여야 한다. 그러나 나는 완벽한 도안을 갖고 있지 못했다. 그러므로 누군가에게는 '부족하다', '불편하다'라는 감정을 유발시킬 수도 있다. 혹여 그런 부분들이 있다면 각자가 갖고 있을 조각들로 대체해 안락한 공간으로 재창조하시기를 권하는 바이다.

청소년기를 불균형한 시기라고들 한다. 무엇인가가 되어 가고 있는 중이지 이미 되어 있는 시기가 아니기 때문에 당연한 모습이다. 따라서 그 시기를 진작 지나왔음에도 여전히 불완전한 어른의 입장에서 그들을 푸르다느니 붉다느니 특정 색깔로 규정을 하고 싶지 않고 할 수도 없다. 그저 어디에서 무엇이 되어 어떻게 쓰일지 지켜보다가, 나를 필요로 할 때가 있으면 바로 그때 이야기를 들어주고 싶을 뿐이다. 왜냐하면, 그들은 이미 스스로 해낼 수 있는 잠재력을 충분히 갖고 있기 때문이다.

글을 갈무리하며 몇몇 분들에게 감사의 마음도 담고 싶다. 우선 늙어가는 것이 싫다며 항상 젊음을 추구하는, 그럼에도 형으로서의 역할을 충분히 해주고 있는 영민, 캐나다에서 고군분투하며 제2의 사춘기를 보내면서도 항상 나를 웃게 해주는 명재, 그대들이 있어 나의 40대도 여전히 빛날 수 있음에 감사한다. 11살이나 어리지만, 톡톡 튀는 감수성과 지혜로움으로 나 자신을 되돌아볼 수 있게 해주는 종현, 그리고 친형제 못지않게 늘 곁을 챙겨주는 의식과 정호, 성래에게도 감사의 마음을 전한다. 마지막으로 여러 현장에서 만났던 청소년(청소녀)들에게도 고맙다는 말을 꼭 하고 싶다.

2018년 1월

임성관

# 중학교 2학년
– 임성관 청소년시집

초판 1쇄 2018년 03월 16일
초판 4쇄 2024년 01월 22일
저　　자 임성관
발 행 인 권호순
발 행 처 시간의물레
등　　록 2004년 6월 5일
주　　소 경기도 파주시 숲속노을로 150, 708-701
전　　화 031-945-3867
팩　　스 031-945-3868
전자우편 timeofr@naver.com
블 로 그 http://blog.naver.com/mulretime
홈페이지 http://www.mulretime.com
I S B N 978-89-6511-217-4 (43800)
정　　가 7,000원

국립중앙도서관 출판예정도서목록(CIP)

중학교 2학년 : 임성관 청소년시집 / 저자: 임성관. -- 서울
 : 시간의물레, 2018
　　p. ;　　cm

ISBN 978-89-6511-217-4 43800 : ₩7000

한국 현대시[韓國現代詩]
청소년 문학[靑少年文學]

811.7-KDC6　　　　　　　　　　　　　　　CIP2018008795